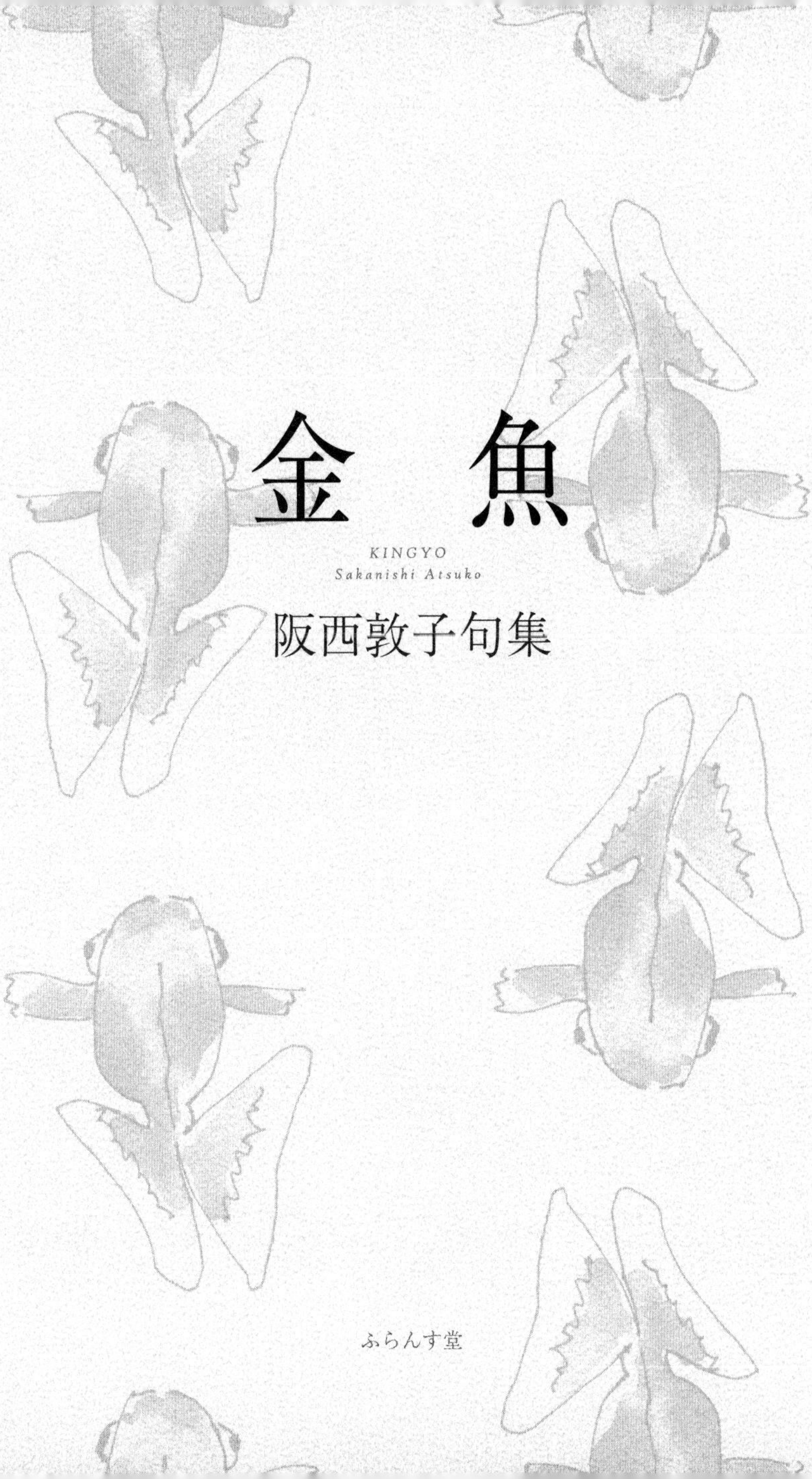

金　魚

KINGYO

Sakanishi Atsuko

阪西敦子句集

ふらんす堂

金魚＊目次

装画／イラスト・阪西明子

句集　金魚

和金

一九九五—二〇一一

人の上に花あり花の上に人

子の一人くらゐは消さむ花の山

学生は花の淵へと漕ぎ出でむ

学生は今日で終りといふ花見

花人に帰心灯されゆく夕べ

ふり返りまたふり返り花を去る

片手のみポケットに入れ青き踏む

本の中窓の外にもリラ甘し

チューリップ危ふき窓に置かれけり

一ひらをひたすら敷きて八重桜

藤棚を仰げば降りてくる香り

蜃気楼博士ばかりが現れし

惜春の女の多き車両かな

我を見る眼に夏立ちぬカタロニア

岩壁は海へと走る夏立ちぬ

葉桜の音の最中でありにけり

笑はれし大きな眼鏡ネルを着る

鈴蘭のことさら丸き午後となる

仲見世の子供神輿の疲れをり

居直りて今日は日焼をするつもり

道訪ね慣れ白靴の一人旅

身支度は誰より早く旅涼し

学内に軽燥の子多しよく遊べ

注がるる勢ひに乾し生ビール

香水や一人の時間少し欲し
筋肉にひときは汗の溢れたる
振り向きて流れて汗と気づきたる

夏の夜の至福大きなバスタオル

夏至の日の最後の用事父を訪ふ

夕立の眠気を流しゆける音

サイダーの泡の音して運ばれし
空蟬の本当によく出来てをる
今日は日を背にしひまはり畑見し

日盛の海へ手伸ばしマルセイユ

理学部の裏手の森の夏休

冷房と日差しの肌に混ざる席

部屋ぬちに香の乾きをり葛の花

秋蟬の体重たくぶつかり来

路地幅に踊の列や高円寺

入居して今夜は盆踊と聞き

その人の残してゆける菊を切る

吾亦紅座の中心にありにけり

前髪の伸び来て秋の旅途中

照明の暗き異国や夜食とる

バスを待ち飽きずに巴里の秋の雨

秋雨にフランス人は傘ささず

朝霧に靴響かせてパリを去る

秋の日に砂糖二つを溶かしけり

何もせぬうちに野分の来てしまひ

離れたる一花やや濃し曼珠沙華

転寝の夢の高さに曼珠沙華

鶏頭の一本のややや偉さうに

大池の端なる一樹新松子

温め酒女友達なる我に

後の月東京の夜と朝の間に
真似てみるブーツにパリの冬支度
襟立てしことより落葉降り始め

天頂の青広がりて日短

指の影洋書に長く冬ぬくし

短日やとどまり過ぎてゐたことに

外套の重さ着こなし街を行く

重ね着を互ひに数へ合ひにけり

木に沿ふも沿はぬもありて雪落つる

落つるともなく浮くとなく雪の窓
手に触れて落つる雪これは積もる雪
磨きたるブーツの先にある冬日

滞る髭の流れに龍の玉

焚火去る心決めたる背中かな

過ぎ去りし日々の溶けたる日向ぼこ

庭園のすべてを聴きて日向ぼこ
日向ぼこ白き記憶をたどりつつ
漆黒は河よ暗さは冬田なる

眩しさを逃れきれざる冬日和

風花や空を斜めに渡り来る

風花や汝が瞳孔へ溶けゆけり

白鳥の重き加速でありにけり

運転の好きな女や春隣

新刊書抱へる指に春寒し

暮れてまづ東の海に余寒来る

橋半ばにて雪解けの音しきり

飴半個口に残りて暮れかぬる

右に鳩左に猫居て暖かし

過ぐるほど影の移りて雪柳

米をとぐ丁寧にとぐ朧の夜

春土の考へ事の手を汚す

育ちつつ苗木の市の続きけり

草青みベージュの好みやや変はる

大試験前にいつぺん会つたきり
暮れかぬる昼の残りの風の中
春の日に椅子ふちどられカフェの朝

春灯下はづすばかりのビリヤード

強東風に向かひて結ぶ靴の紐

春の海遠きエンジン音をのせ

石鹼玉に追ひ越されたる欠伸かな

祖母を恋ふ一歩一歩に芝青し

金魚揺れべつの金魚の現れし

金魚玉見ながら水を飲んでゐる

見送られたるがんぼに迎へられ

ががんぼの三歩目消えてゐたりけり

踏みつけしものにビールと書かれあり

イギリスのビールの色の夕べかな

捨ててみて蹴とばしてみて明易し

短夜や車窓次々映すもの

どくだみや誰か口笛吹いた道

まくなぎや商店街にでてしまふ

少し居て帰つてゆきし蛍かな

またひとり消して緑蔭しづもりぬ

半分は汗に浸かりし正座かな

蠅虎の餌食むときは脚開く

夏痩の体長々水通る

涼しさやひとり仏も来てをりぬ

赤屋根に蔦登りゆく晩夏かな

さつきまで蟬の鳴きゐし夜の匂ひ

焼酎を濃く好きだつた日の話

鉄塔は森の真ん中夕焼くる

ナイターの果ててゆらゆら帰りけり

溺れゐるごとくに西瓜食べてゐる

たっぷりと蜩浴びて読了す

秋蟬へ空狭まつて来たりけり

かなかなの途切れて雲の疾さかな

朝ゆきて夜帰る道秋暑し

豆腐屋の匂ひの先の花木槿

木槿咲く夜の自転車の加速かな

底紅の八重に月島佃島

にんまりとしたままに発ち阿波踊

眉の端の焰となつて踊りけり

青山を麻布へ向ふ星祭

みづうみのけふの平らよ草の花

蝗食べ聞こえはじむる話かな

風消ゆと思ふ二歩目は虫の中

松分けて来たる光は秋の海

大美濃の夕影果てて石榴かな

自転車に影を踏まれて秋日和

石橋も木橋もくぐる秋の雲

寝るは淋し覚むるは哀し秋の空

流木の終の地ならず秋日濃し

風やまぬ敬老の日の日暮かな

赤とんぼ影に当りて戻りけり

秋の灯や吾が影いつも汝に触れて

秋灯と雨の間の嵌殺し

一歩づつ逃げてをるなり稲雀

秋雨や紫煙くまなき戸を入る

新酒酌む神保町は狭き町

秋の夜をうらに返して雨となる

寄席果てて秋刀魚を焼きに帰りけり

水脈は皆岸を目指して秋深き

面倒な切符を貰ふ暮の秋

口笛を鮒に喰はせてそぞろ寒

幸せのひとつひとつよ冬に入る

立冬の空刻々とありにけり

坂の上にコーヒー香る初時雨

呼びもせぬエレベーター来神の留守

見送りし十一月の終電車

つり銭や銀杏落葉の只中に

帰り花揺るるため人揺らすため

月光を睫毛に毛糸編んでゐる

焼藷の大きな皮をはづしけり

焼藷や大きな仕事ゆるゆると

冬帝や曲がるたび道狭くなる

アメ横を泳ぎきつたる寒さかな

みな同じ夢を見てゐる浮寝鳥

水鳥の羽
爛々ととぢにけり

日なたぼこのどこかをいつも風通る

格子戸を引きて冬日を鳴らしけり

焚火まづ焦がし始めし日の光

燗熱く出番を待つてをりにけり

降る雪や口ついて出るアヴェ・マリア

少年のやうに落ちたる雪しづり

あをあをと覚めあをあをと蒲団干す

数へ日の父の背中にもの言ひて

殿様は苦労人なり除夜の鐘

人々と神々の居て年忘

歳晩の湯屋の饒舌持ち帰る

はじめしが負けたる除夜の喧嘩かな

初夢の覚めてサハラの砂の上

人日の顔のすみずみまで洗ふ

初場所の酔ひといふもの七色に

追羽子の空をかがつてゐる野かな

ビルを出てビルの匂ひよ寒の雨

水仙の正面に出る上り坂

雪吊の加賀を盗んでゆくところ

風花に森の描線生まれけり

クリムトは楽しからずや春を待つ

立春の小さき午前過ぎにけり

春寒や歩幅の違ふ人とゆく

夜の梅の一片欠けて高さかな

春めくや夜の自転車を漕ぐとなく

読みさしを伏せてはバレンタインデー

バレンタインデーと優しき名のつくも

バレンタインデーの風呂場の明るさに

春灯のかげくつきりと人を待つ

芽柳のそよぎ忘れしときのあり

囀や難しきことから忘る

箸させば箸に寄り来る三月菜

日の青さ水の青さよ春の風邪

ふらここや幼馴染と揺れ揃ふ

男みな眠りし春の列車かな

大仏の視界の中へ花吹雪

満開といふ曲線の桜かな

立てば花に座してしまへば酔ひの中

桜蘂降る地の濡れてゆく間にも

仔羊に見られ羊の毛刈かな

春惜しむままに眠りてしまひたる

空よりも地の色濃き日夏に入る

花は葉に顔青ざめて行き違ふ

花仰ぐもの葉桜は浴びるもの

麺すする時は肘つく立夏かな

駅前に白線多し夏に入る

初夏やからりと回る洗濯機

コーヒーに白を落しぬ谷若葉

日に風に負けて渓蓀の咲き続く

雲見れば島動きたる五月かな

あぢさゐの囲む何にもなき広場

噴水の消してしまひし肩車

珈琲を待つてゐる列南吹く

夏帽子いつも押さへる左の手

秋風の岩から吹いてゐたりけり

台風の思ひも寄らぬものの拾ふ

触れてゐぬところの揺れて吾亦紅

指美しきままに雨月となりにけり

ときをりは火色のよぎる秋思かな

秋思なり蛍光灯の真下なり

暇つぶしのやうに桜の紅葉かな

小鳥来て湖に雨続きけり

鶏頭のどこへゆけども雨太し

行秋の壁に当たりて戻りけり

初冬の夕べもつとも美しき街

打ち寄する藻屑桃色神の旅

海までの鉄路を歩き帰り花

島々のワイン着きけり帰り花

迷ひをり熊手の綺羅の真ん中に

二の酉を出でてもの食ふ話かな

蓮根掘り当てどこからとなく煙

冬木から冬木へ戻る石畳

少しだけ人へ流るる浮寝鳥

冬の暮水のかたちにはじまりぬ

そのほかの墓は冬日に鎖されし

太々と置いてありけり裘

仙人のやうに炬燵に入られし

見慣れない椅子出てをりぬクリスマス

だんだんと夜が重くて聖樹かな

葱切つて東京タワー見上げけり

極月の旅の躓きやすきかな

熱燗のところどころを笑ひけり

あしうらをいぶかつてゐる初鴉

初鴉道うつとりと眺めをり

初夢の終り腹這なりしかな

どうしてもひとりとならぬ初鏡

曳猿の空摑むこと繰り返し

半分にするを包丁始かな

母方の喰積父方の雑煮

東京に友人多し絵双六

行き交ひぬ春著の胸のかがよひに

松過の貰ひ煙草に灯して

他所見してついて来てをり寒鴉

寒卵片手に割つて街小さし

三寒の盃に四温のグラスかな

日時計の真昼に座り春を待つ

立春の手帖の押さへても開く

寒明や夜空どこまでうすくなる

梅咲いて人々下を通りけり

梅咲いてより近つ空遠つ空

その端に立ちたく梅の中歩く

また梅の中に遅れてしまひけり

梅白しがたりと鳴つて窓開く
絵踏する女こつちを見てをりぬ
今年またバレンタインの前日よ

草千切りつつゆくバレンタインの日

黒々とバレンタインの日の鞄

唐揚の影おそろしき涅槃かな

空ひとつ仰ぎて猫の恋了る

牛乳の届く椿の落つるとき

またひとり近づいてゆく春の海

雁風呂の湯の溢れさう溢れざる

光から水へ戻つて春の夕

田の暗さ波の明るさ鳥帰る

受験子のみんな左へ折れにけり

沈黙を巻き上げて火よ御水取

水辺見えたり初蝶に別れけり

三月のトランプ引くも引くも赤

コインランドリー春風の行き止まり

しやぼん玉の少女に細き母ありぬ

四月馬鹿のしまひは人に別れけり

花冷や隣の山の鴉聴く

鎌倉のどこからとなく落花かな

松の間に松の間に鴨残りけり

杉並の昼暗うして躑躅かな

魚屋のしまつたのちを余花揺るる

先生と叫ばれてゐる立夏かな

みづうみに浅瀬ありけり夏落葉

眼　嫌　ひ　鱗　嫌　ひ　よ　鯉　幟

十薬のつねの壁穴つねの風

生殖の方法の章青嵐

緑陰の遊び飽きられやすきかな

もの拾ふときの暗さよラベンダー

人々のあひだを夏の夕べかな

夏の夜の鴉の首と思へば尾

冷奴のちひさきかけら吸ふ口よ

ナイターの平らな闇へコップ置く

人間に背骨ありけり揚花火

夏蕨引越なんとなく終る

風昏み湖深みけり夏の蝶

夕立の来さうでこない森の道

夏痩の雀のうしろ通りけり

スカートが赤くて泣いた日の盛

七夕や門の深くに子供部屋

七夕の風の駅前広場かな

鉦打って風呼んでをり阿波踊

止むときもまた鳴くときも秋の蟬

昨夜の酒少し残りぬ秋出水

秋扇縦に開くといふことを

秋灯の終のふたつのひとつ消ゆ

出目金

二〇一二―二〇一六

牡蠣買うて愛なども告げられてゐる
空瓶の暖炉の方へ転げたる
鳥と人分かちて冬の雨が降る

葉先みな風へ向けたる落葉かな

行き過ぎて水の匂ひや落葉焚

寄せてある蜜柑の皮に日差かな

いつからか咳の絶えたる灯かな

塔の腑の灯りはじめて聖夜来る

ぼんやりと鮫に遅速やクリスマス

すぐ果つる街でありけり朝の雪

雲流れ出したる空や冬木の芽

冬晴の遠くの匂ひ嗅いでをり

額いつも日に囚はれて空つ風

枯芝や手をおきて手のあたたかさ

枯芝を過ぎゆくものの早さかな

いい服を着てとてもいい枯野行く

温室を出て夕方は火の匂ひ

風やんでをり薬喰はじまりぬ

食ひ物を待つてをりたる懐手

身につけて動きの速きちやんちやんこ

煮凝をとらへて匙のたのしさよ

賀状書くいろいろ借りて父のもの

年明のハンドクリーム香りけり

初凪やはや日の少し傾きて

初茜マンボウは何かの途中

ひらひらと影挟まれて初日記

寒鯉の鱗すみずみまで見せて

寒鯉の向かうカーテン厚く閉ぢ

日の斑を蹴り白鳥のよく進む

こちら向く水仙の香であるらしく

水仙の端にかがみて香の真中

節分の家へ入つてゆきにけり

節分の鬼を解かれし胡坐かな

立春や水筒閉めてきゆつと音

人去りし椅子みな青き二月かな

絵踏見しやうに水槽離れたる

簡単な腰掛ありて梅見かな

水門のどこかに鳴いて恋の猫

春の雪耳くつきりと泣いてをり

しどけなく自動ドアーや春の雪

残雪のひとつ離れて日を集む

荒物の光さまざま東風強し

何某の隣家に生れ大試験

木の芽吹く脚を組んだり開いたり

春風の真つ赤な嘘として立てり

春愁や天津丼の匙厚く

しまふとき包丁軽き春の雨

虻の昼ブロンズ像の下肢長く

麗かや雲のごとくに魚死にて

落椿水へこませて流れけり

菫すみれいつも走つてゐるわたし

さわぎたるのちおとなしく春の風邪

魚抱きて磯巾着の静かなる

やさしげにシーザーサラダ百千鳥

誰彼となく春宵の窓辺なる
椅子に寝て海辺の夢や春灯
一本にはじまる磯巾着の揺れ

前掛に銘酒の名あり土筆摘む

初花や野球少年白じろと

初花の下を運ばれゆくピアノ

ゆく水の花の色また雨の色

スカートの夜の桜へ吹かれをり

書見台のうしろゆつくり桜蘂

桜蘂降る駅遠く家遠く
抽斗を出てふたたびの飛花となる
駅からの道狭くして八重桜

花過の入浴剤の溶け残り

遠足の集合したるにほひかな

遠足のあつまつてすぐ出すバナナ

遠足の帰り家族の話かな

手の影となり桜餅香りけり

パンジーの半分同じ色同士

パンジーのこちらへ来られざる少女

人びとの帰りの刻の躑躅濃し

競漕の太つた人ら軽々と

昼月の出て山吹の揺れどほし

また一羽地を去る鴉春闌くる

どこからも遠き東京暮の春

柏餅買ひ風上へ歩きけり

母の日の少女は口を開いて寝て

母の日の爪まるまると手を洗ふ

母の日の犬も持ちたる隠しごと

人馬等しくダービーの果ての中

碁は昼のものの花桐は夕のもの

白々と煉瓦ありけり薔薇の昼

虫に影鳥に光や青芭蕉

雨払ふ風となりけり青芭蕉

上からも横からも見て初鰹

卓に突く片肘細し初鰹

その前に人また立てる渓蓀かな

さくらんぼつまみて手首老いやすく

青梅をくぐりて少女歌ひだす

あぢさゐや机に向かふ人見えて

あぢさゐへ来て雨脚の乱れかな

むかし川見えたる蛍袋かな

十薬の中に畳みて椅子しまふ

おむすびの銀紙梅雨の色吸うて

梅雨日曜牛乳ほどの明るさに

黴びてゐて心当たりの形かな

熟れながら風を呼びたるバナナかな

香水を濃く幻に飽きやすく

脚組むにテーブル低しアイスティー

涼しさの魚と鳥と木の話

団扇振り昼を減らしてゐたりけり

夏の雨鞄大きく女ゆく

柄よりも大きな口や初浴衣

夏帽の網目の粗く道教ふ

振り向きて鴉の近き山桜桃

焼けてゆく毛虫や空を見上げたる

腹巻や人よりすこし働かず

鰻食ひ終へ足早に帰られし

しかと置き車窓暮れつつあるビール

夜店見てほんとは少し遠く見て

短夜の蓋開いてゐるサインペン

短夜の雲の攫つてゆく街か

万緑の鴉大きくなつて飛ぶ

夏蝶のゆきて林の闇広ぐ

なほ狭くなる夏蝶の小道かな

振り向きて水着の中の水動く

冷房や車内放送秘めやかに

西日から影生え虫の骸かな

するすると人抜けて来しソーダ水

食べ終へてやさしくなりぬ氷水

窓広く夏の終りとなつてゐる

池見えてゐて秋扇取り出しぬ

秋扇同窓会をはためかす

杯おきて風の変はり目大文字

桃の毛と眼の映るナイフかな

ボクシングジム越しに見え稲光

蟷螂の立ち上がりては籠の丈

金木犀ゆつくり雨のはじまりぬ

秋の雲溶けつつ森を指すかたち

会ふことの会はざることの秋袷

パンプスはあを草の花踏みたがる

秋風や眠りし人の爪の色

秋風の中や職場の人同士

首都高くなりゆくところ秋祭

秋果盛る器や雨戸がうと閉づ

降り出しの雨の暗さや蔦紅葉

制服の全員降りて霧の駅

雨すこし重たくなつて烏瓜

また数を忘るる柚子を数へけり

林檎の皮途切れて雨の大降に

林檎食ふ口か口から林檎出たか

投げ出して体しづかや草紅葉

団栗の光を奪ふやう握る

最終電車鉄の匂ひや後の月

うそ寒や窓に映りて頬遠し

存外に酒要る料理秋深し

牛乳の縁にさざなみ冬近し

片側は夕陽の中や新松子

零れたる水ひろびろと冬に入る

駒形は声良き街よ神無月

抗ひて嵌る釦や神の留守

神の留守小さき部屋のごみ出して

電話に出る声豊かなり熊手売

建物も食べ物ものせ大熊手

降ろさるるとき静かなり大熊手

錆び初めの明るさにあり姫椿

また人に抜かれ春著のうれしさよ

風孕むままに渡され初御籤

御雑煮に映りて窓の白さかな

大いなるもの飲み込みぬ初鴉

雲割れて寒鯉の緋の現れし

白鳥のはや夕方を見てゐたる

一望のどこも揃ってない白鳥

取り出せる葱の長さの日差かな

立春のウエットティッシュ出て余る

白梅のふふみはじめの影のいろ
散る白となりて風呼ぶ梅の花
我が影の二タ手にありて涅槃かな

富士山の見ゆる時あり犬ふぐり

自転車はざざと停まりぬ黄水仙

開きつつ広ぐ椿の白の斑

森深く煉瓦朽ちたり風光る

寄り合うてしばしの空や石鹼玉

枝揺らし春の鴉となりにけり

陸搔きて鴉の恋のはじまりぬ

よく見れば毛むくじゃらなり鳥の巣

受験子のつぎの車両へ移りけり

春昼のネオン時々目覚めけり

食べ初めて終りの早き鱵かな

田楽の跡の皿搔く串の先

なにもなく三時廻りぬ桜貝

甘味屋に古き町の名鳥の恋

皿の影黄粉に流れ日永かな

卒業す雨の陸てふ明るさに

雲いつか風となりけり春夕

しあはせの記憶小昏し百千鳥

横ざまに湯気出だしをり春の鍋

春の夜のタクシーのなほ去らずをる

春の夜の西口は脂の臭ふ

桜さくら空の見えない桜かな

腕組みのポケット歪む花見かな

茫々と地下の涸びや花の雨

喫茶室に横顔ばかり鳥雲に

パンジーやハンバーガーを売るらしき

団子売り切れし団子屋の柳かな

義士祭やもつ屋に届く函二つ

入学の道のふはふはして来たる

俯きて水のにほひの虚子忌かな

見ぬふりをして変な毛も猫の子も
足置きて勿忘草の間なる
大きくて軽くて遠足の鞄

惜春の鏡の中のハンガーよ

篭の影纏ふ卵や夏近し

初夏のすこし背高き人と思ふ

初夏の塔より出でて列の尾よ

犬小屋にけふは犬なし吹流し

大地我が後ろにありて夏の門

片側はランタンの灯に照るキャベツ

死してなほ縞笑ひをる藪蚊かな

夏蝶が渡りて森のにはたづみ

木はオリーヴ夏雲のいづこより

夏蝶の雨のあひだを昇りけり

食卓の中央ならず鮓の桶

空豆のていねいに皮の上

紫陽花や頬杖つけば眠たくなる

鎌倉のひと日を著莪に降る雨よ

くっきりと瓦の映る植田かな

肩と肩触れて青葉をくぐりけり

夏燕水愛すとは空愛す

金魚連れ帰る家々よく見せて

全容の見ゆるビルなしソーダ水

それぞれに凭れて窓や風薫る

椅子かませある扉より夏の蝶

もう帰る人がをるなり金魚玉

島国は日の暮れやさし蝸牛

指先に拭ひて夏至の眼鏡かな

パラソルの振られて雲に遅速あり

サックスのぐるりに映り素足なる

汗の髪動きて声の大いなる

ぽつぽつと数の増えゆく裸かな

夕風に首かしげたる毛虫かな

ひらきつつ色逃れゆく水中花

菓子折の片側重き西日かな

バスケットボールときどき蟬混じる

屋上にお社のある夕焼かな

蕎麦前が長引いてをり冷し酒

みんな空見てナイターの帰り道

網棚の新聞膨れ巴里祭

風に肩抱かれて夜や巴里祭

ふいに芝ちくちくとして揚花火

庭土の色ありありと揚花火

去りゆける明るさの秋日傘かな

鳥影に揺れてをるなり吾亦紅

ライオンに飽いて金木犀咲いて

小包の文字密にして霧匂ふ

台風に窓の揺れたるこけしかな

月白のひたひ車窓へ押し当てて
月白や机に眠る腕遠き
夜仕事の壁を溢れて影ありぬ

辻の灯に肩現れぬ里祭

うそ寒の吊り広告の真下なる

落つるは黄の映るは赤のもみぢかな

鳥声の外へ外へと銀杏降る

母呼びて力みなぎる七五三

水影は水面に触れて冬紅葉

転がりて水を指したる朴落葉

落葉道抜けきてケチャップは多目

コミュニティバス旋回す冬夕焼

神杉の闇のゆるびや朝時雨

バスは日矢閉ぢ込めてゐて霜の朝

山茶花の増えつつ町もはづれかな

紅の水音のある冬野かな

教壇へ立つマフラーを解きつつ

つぎつぎと犬出る家や龍の玉

橋渡る眩しさにあり冬の水

走り根に沿うて実生や冬の雨

醬油辣油酢の向き揃ふ冬至かな

クリスマス市の人形歯白し

暖房や凭れて暗くなる窓辺

ストーブの爆ぜ次々と皿来る

好きなものの終りに残し冬ぬくし

内側の混みて静かな障子かな

笹鳴や森を抜けたる明るさに

立てば風ありまほろばの冬の朝

縄跳の黒髪強き少女かな

竹馬の一歩大きく近寄り来

もう誰もゐないし竹馬で帰る
竹馬の風に凭れてゐたりけり
雪が降る都会は靴をとりどりに

浮寝鳥ときをり水の香の強き

いつまでも冬日の中の鴉かな

数へ日のみやこを目指す沓の音

蘭鋳

ラグビーの胸ラグビーの脇の下

ラガーらの目に一瞬の空戻る

マフラーは赤ひと巻の歩幅かな

まづ薬缶磨く二日の部活かな

疾走のラガーに緑まはり出す

木犀の風よく運ぶ楕円球

タックルに生まれし静寂木の実落つ

ハーフタイム円陣の中に散る木の葉

キックオフの笛待つラガー風の中

左手でラガーは敵を摑みたる

点差開くラガーの影の長さかな

笛鳴つてラグビーに影生まれたる

ラガー枯芝へ楕円の球空へ

ラインアウトより高低の白き息

スクラムといふ枯芝の塊に

先輩の名前覚えずラグビー押す
スクラムに射す視線とも冬日とも
倒されしラガー吹雪の底へ消ゆ

吹雪きて攻防音に聴く試合

熱燗に酔ふことのなきスタジアム

マフラーに皆声援をくぐもらせ

水配られてラグビーのしづけさよ

小さく手挙げラグビーの列へ帰す

いきれよりちぎれしラガー走り出す

ラグビーの列を抜け出る速さかな

直角に来て直角に去るラガー

一場の歓声の追ふラガーかな

一度だけトライの後の白き息

冬日ちりちりと進めるロスタイム

ノーサイド枯野へ人を帰しけり

勝敗を決めし冬帝仰ぎたる
ラガーらの背中重なり合うて去る
ラグビーの空の限りを闘へり

阿蘭陀獅子頭

二〇一九—二〇二三

俎も菜箸もまた独活の香に

晩春となつてゐるなり白ワイン

春筍の皮剝ぐ小さき地震の中

こはくないひとつひとつの桜かな

まつすぐとなる川筋や夕桜

昼飯の行きと帰りの残花かな

芍薬や風行き交へる眩しさに

うつすらと夕べに汚れ芍薬は

芍薬の緋色とくりと流れけり

芍薬やぱたりとしまふ爪鑢

芍薬の蕊見え酔ひの回り初む

積み上げし書に芍薬の影著く

書架へ手を伸べ新緑の風の中
はつなつのとなりの人が読む本は
靴紐の解けやすさよ麦の秋

筍を互ひに提げてすれ違ふ

お隣の出す筍の皮の嵩

卯の花の色曳いてゆく烏かな

葉脈の太きに分かち柏餅

鉄線を生けスパイスをよく炒め

ぺけぺけと急須を鳴らす新茶かな

大いなる白バンあぢさゐへ寄れる

コーヒーのまはりを家事や五月晴

五月闇来し人風呂敷を広ぐ

椅子ひいて音の少なし梅雨曇

まづ空気味はふもなか梅雨深し

一斉に錆びあぢさゐのどの色も

街灯のちらちらと梅雨戻りつつ
追ひ越せる一匹光り蟻の列
蟻ときどき大きくなつて列をゆく

いつの間に真昼なりけり蟻地獄

夏牡蠣の一皿大いなる白さ

鮎焼ける間を橋の半ばまで

逃げ出せる刹那の形の穴子食ふ

烏賊揚がる醬油の如く潮垂らし

薄暗き冷し中華が戸口より

何食べてたのし跣足の指の先

足先は喧騒にあり生ビール

太陽のはうへビールを持ち歩く

日に透けて病葉に青返り来る

木下闇出てゆくときも目をつぶる

椅子ふたつやうやう離れ氷水

蜜豆は外より光当たりけり

水中花今宵叫びてゐるごとく

階段に蜥蜴を残し出社せり

冷房の今際忙しき音立てて

風鈴の窓歓声はテレビより

雨過ぎの道を下り白百日紅

よく笑ひ夾竹桃に足を止め
街行くや西日にパンを齧りつつ
泳ぎから戻りてパンにハム挟む

リュックからはさみはみ出てゐる帰省

音もなくメロンの届く真昼かな

昨夜何もなかつたやうな木槿かな

地下鉄の壁がよく見え秋立ちぬ

木目よく見えて文月の机拭く

新涼のおかきのあとのくわりんたう

秋風や皿を打ちたる芋けんぴ

秋祭ある沿線やすこし飲む

どの部屋も野球を流し桃硬し

秋蟬を分かちてスワンボート来る

象見たき一歩が飛蝗立たしめて

酒弱くなれるこのごろ相撲見に

鬼灯や目覚めの水は喉に鳴り

鬼灯のほつれに覗き大通り

鬼灯の内なる日差なりしかな

越境の子の腹丸し鳳仙花

やはらかく秋七草のあらがへる

秋雨のはじまりの砂そして海

藻のひとつひとつを見せて秋の水

蔓先は空へ放たれ水の秋

風浴びてゐて薄とも私とも

東京のどの渋滞も黄落す
黄落にあり海老塚もすし塚も
この夜を大いに明日は散る銀杏

柿剝いて夜の電話を待つてをり

言ひ訳のごとくに卓の胡桃かな

夜を雲の速さに歩き神無月

立冬や魚旨しとうなづけば

ソースからオムレツ覗く小春かな

ささくれの白々立てる小春かな

庭奥に光渡れり冬紅葉
冬紅葉くぐるは日差くぐるごと
自転車の片手はマスク掛けながら

俯きて揺れてゐてみなマスクして
襟汚れゐてマスクから呟きぬ
水洟を小さく畳み読み続く

爪先に雲映しをり冬帽子

白き息すなはち光纏ひけり

落ちてゐるマスクに頬と唇と

鳥声も鳥影も冬あたたかし

七面鳥ほんたうに焼くスエタ脱ぎ

血の乾き始めの色の冬薔薇

茎細く長く日を受け冬薔薇

ひからびて着膨れてゐて眠りをり

火落せしのちの毛糸を編み進む

電話口向かうは押さへ冬灯

オーバーを鞄に籠めて面会す

ポインセチアの窓辺に立ちて息子めく

ジャズはソロへ移りぬ暖房の匂ひ

暖房の机に置いてある手紙

暖房やしづしづ減つてゆくケーキ

熱燗の片手は猫を平らかに

熱燗のねばりを喉にして告ぐる

風呂吹を箸に冷まして家族欲し

いくつかは麺に隠して牡蠣すする

燃えすすむ桿に木目の戻りたる

またボール転がつてくる青写真

冬の日の漏れ来てスーパーに荷入れ
残業の背中へ蜜柑配るなり
ソーセージ自分で挟む冬休

蒲団干しあり謎ときは刻々と

食べながら仰ぎぬクリスマスツリー

ワインなどあり数へ日の美容室

こんなにも空の青さや初笑

水仙を道に育ててバイク店

白鳥の来る時間なりパンケーキ

店が空く時間は白鳥を数ふ

寒雀その風向に聡き尻

しましまのソックス並ぶ雪見かな

牛乳の終り傾く花ミモザ

花ミモザ放す買ふものひとつ書く

昔よく使ひし器菠薐草

振るたびに春菊軽くそれらしく

水換へて花瓶戻しぬ春の雪

手首まで洗ひしのちの春火桶

我が前をホワイトデーの鳩逃げて

轟々と鼻すぢ通る朧かな

おにぎりの転がるやうに春に死す

風吹けば涅槃嵐となる今年

人しづかなればしづかに町の蜂

唐突に卒業の日の風強し

小赤

一九八四—一九九五（生徒・児童の部）

ベランダで元気がないね鯉のぼり
赤とんぼ牛のせなかにやすんでる
初もうで犬もおねがいあるのかな
ぬかないで朝顔まだまだ実ができる
つんつんとかたい葉を出すチューリップ
動物園ライオンたちも春休み
とびばこの五だんとべたよ春の風

まぶしいな落葉のじゅうたんさらさらと

あじさいの花を目がけて水かける

今日もまた寝るまでかける扇風機

十センチあいだをあけてなす植える

弟とつまみ食いしたきゅうりもみ

観察は去年覚えた冬の星

新しいかさが使える春の雨

母さんのサングラスかけてお買物

いいとこで部活中断初時雨

白球の転がる先に初氷

学校のへいの向こうに迎春花

夏草がボール探しの邪魔をする

手に持ったラケット重い春の暮

西窓を開けて家出る秋日和

七種がゆ受験の日まで効くように

オリーブの香の玄関を駆け抜けて

乗るはずの電車に抜かれ梅雨曇

つい拾ひ集めてしまふ落花かな

うたた寝の間に夕立の降つて止み

父に勝ち母にも勝ちて歌がるた

跋

このたび阪西敦子さんが第一句集『金魚』を上梓されることとなった。私からすると、

「やっと第一句集か」

という印象が強い。恐らくそれは、彼女の年齢に比して句歴がずいぶん長いということに尽きるのではないかと思う。

私が彼女と初めて出会ったのが何時、何処であったのか、それが句会等の俳句の場であったのかは今全く思い出せない。何か気付いたら彼女の存在があったと、そんな自然体の接し方をしていたのではないかとも思うのである。

稲畑汀子が昭和五十四年十月二十六日に発足させた、戦後生れのメンバーだけで構成された「野分会」という句会を汀子晩年に私が引き継いだ時、その中の有力メンバーの一人として押しも押されもせぬ存在であったのが彼女であった。その会を現在では幹事として仕切ってくれているという頼もしい人である。

そこでご一緒する前であったかうろ覚えであるが、もうお互いよく知る間柄であったある時、一泊の泊りがけで吟行会が企画された。それに彼女も参加していて、出発の時、

「私は廣太郎先生と大会など以外の句会をご一緒するのは初めてです」

と言われて意外な思いをしたのを覚えている。そんな意味では、何となくざっくばらんな付き合いであると言っても良いだろう。

そんな彼女の第一句集は「金魚」と題されている。題としてはユニークだが、日本の愛玩動物の中ではお馴染みで、誰もが一度は身近に接したことがあるのではないだろうか。余談ではあるが、私が子供の頃から現在まで、兵庫県芦屋市の生家には小さな池があって金魚が飼われている。子供時代には結構面白がって手摑みで捕って遊んでいたが、金魚は人間の手に触れられると直ぐに死んでしまい、こっぴ

どく叱られたのを思い出す。
さて、この句集は各章題が金魚の品種となっており、先ず「和金」(一九九五～二〇一一)、「出目金」(二〇一二～二〇一六)、「蘭鋳」(ラグビーの作品をまとめたもの)、「阿蘭陀獅子頭」(二〇一九～二〇二二)、そして「小赤」(一九八四～一九九五　生徒・児童の部)の順で編集されている。

人の上に花あり花の上に人
学生は今日で終りといふ花見
香水や一人の時間少し欲し
秋雨にフランス人は傘ささず
真似てみるブーツにパリの冬支度
金魚揺れべつの金魚の現れし
アメ横を泳ぎきつたる寒さかな
バレンタインデーと優しき名のつくも
草千切りつつゆくバレンタインの日

昨夜の酒少し残りぬ秋出水

「和金」からの引用である。学生時代の句も含まれているとのことで、のびのびと詠まれているのがわかる。また彼女は大学時代にフランスに留学して、海外での生活という貴重な経験もされている。そんな句も楽しく鑑賞した。

牡蠣買うて愛なども告げられてゐる
何某の隣家に生れ大試験
魚抱きて磯巾着の静かなる
母の日の少女は口を開いて寝て
母の日の犬も持ちたる隠しごと
白鳥のはや夕方を見てゐたる
田楽の跡の皿掻く串の先
死してなほ縞笑ひをる藪蚊かな
みんな空見てナイターの帰り道
好きなもの終りに残し冬ぬくし

次の「出目金」は彼女の若々しい個性が開花した時期で、より自由な発想で詠まれているのが好ましい。「ホトトギス」の人は、あまり他の結社、特に伝統俳句系以外の人とは親交を持たないということを言われていた時代があるが、彼女は「円虹」でも研鑽を積んでいるだけでなく、積極的に色々な結社の方々と親交を持って活動をしており、それが作品に反映されていて、独自の個性を生み出している。しかし花鳥諷詠の域を決して逸脱することがないのは素晴らしい。

ラガーらの目に一瞬の空戻る
まづ薬缶磨く二日の部活かな
木犀の風よく運ぶ楕円球
笛鳴つてラグビーに影生まれたる
スクラムといふ枯芝の塊に
直角に来て直角に去るラガー
一度だけトライの後の白き息
ノーサイド枯野へ人を帰しけり

ラガーらの背中重なり合うて去る

ラグビーの作品をまとめた「蘭鋳」の一章である。実は彼女の大切な趣味の一つがラグビーなのである。普通趣味というと試合を見に行って応援する、というくらいの印象だが、知る人ぞ知る彼女は実際選手としてクラブチームで試合に出たこともあるという。先年日本でワールドカップが開催された時、「野分会」が行われた帰りにメンバーの何人かで酒盛りをして、丁度入った店でその試合が大きなモニターで放映されていた。彼女も席に参加していて、私は当時ルールさえ知らなかったが、中継を見ながら彼女は丁寧に説明をしてくれ、ラグビーというスポーツを初めて楽しませてもらったのだ。句を見ても、ラグビーを実際プレーして、このスポーツを熟知している人でしか表現出来ない句柄ではないかと思わされるものがある。

俎も菜箸もまた独活の香に

芍薬の蕊見え酔ひの回り初む

ぺけぺけと急須を鳴らす新茶かな

まづ空気味はふもなか梅雨深し
日に透けて病葉に青返り来る
木目よく見えて文月の机拭く
ソースからオムレツ覗く小春かな
水洟を小さく畳み読み続く
風呂吹を箸に冷まして家族欲し
ソーセージ自分で挟む冬休

二〇一九年から二〇二二年までを「阿蘭陀獅子頭」として一章に纏められているが、一見大胆な表現と思える中に、細やかな観察眼が行き届いている。稲畑汀子の言葉として「見るから観るへ」というのがある。これはただ眺めるだけではなく、その奥にある季題の本質を探ることが大切であるという意味だが、まさにそれを実践した素晴らしい作品群である。また虚子の言葉、

「こんな細かい学者の実験のようなことまでもして物を観察して句を作れば、どんな事でも句になる。こんなふうに突き進んだ写生の仕方は、独り我々ホトト

ギス句壇に在る諸君だけの独得の舞台である」
（『虚子俳話録』）

を彷彿とさせられるのである。

さて、冒頭で「句歴がずいぶん長い」と書いたのを覚えておられるだろう。実はこの句集の最大の特徴として、最後にこんな素敵な章が設けられているのである。

ベランダで元気がないね鯉のぼり
とびばこの五だんとべたよ春の風
観察は去年覚えた冬の星
夏草がボール探しの邪魔をする
手に持ったラケット重い春の暮

「ホトトギス」では「生徒・児童の部」として雑詠のコーナーの最後に小学生から高校生までの投句欄を設けて雑詠選をしているのだが、彼女は小学生から高校生までその欄に投句をつづけられた。最後に「小赤」と題された章ではその生徒・児童時代の作品がきらきら星のように並んでいる。私事、よく自分のプロフィールに

「幼少の頃より稲畑汀子の下で俳句に親しむ」という意味のことを述べているが、彼女こそそれを作品で証明しているのである。
阪西敦子さんの第一句集、是非多くの方にお読み頂きたいが、勿論彼女の俳句活動はこれからも末永く続くのである。句集も第二、第三とより素晴らしい作品を発表して行かれるだろう。「出目金」の章で書いたように、彼女は俳句界の結社を超えた交友を持っている。その強みを生かして、「ホトトギス」のみならず日本の俳句界の未来を背負って邁進されることを祈念して、私の拙い跋文のしめくくりとさせて頂く。

令和六年一月二十六日

ホトトギス社にて　稲畑廣太郎

あとがき

はじまりは、炬燵の机板の下から引き出された広告の裏だった。白だけではなく、薄いピンクや蛍光に近い黄色、艶のあるものや厚手のもの、いずれも元の大きさの半分か四分の一に切ってあった。離れて住む祖父母の家の炬燵の祖母の隣で、私は俳句を作り始めた。そして、四十年が過ぎた。

俳句を続けた私に祖母が何を思っていたかはわからない。ただ、俳句を作る人に悪い人はいないと、たびたび聞かされてきた。

私の計画性のなさや、整理整頓の悪さのために、句集刊行を思い立ってからもかなりの時間が経った。その間、祖母の予告の通り多くの句友、四人の師に恵まれた。今回の句集はその一九八四年から師・稲畑汀子が亡くなる（追悼句を含む）二〇二二年までの句から、自選とした。二〇一七年から一八年の句が抜けているのも整理整頓の問題によるもの。次への課題としたい。

汀子が口癖のように言っていたことで、心に残っているのはこんなことだ。句には結局自分が出てしまうこと、人が頼んでくれたことは引き受けること、自信をもって外へも出てみること。二人目の師であった山田弘子には、よく質問をした。写生はどこまで写生ですかと聞けば、見えたらそう詠んだらいい、句集を出そうと思うけれどどうでしょうと聞けば、誰が反対しても出したらいいと明解であった。どちらも何よりも大切な言葉であったことに、句を選びながら気づかされてきた。

稲畑廣太郎、山田佳乃の両師には、やる気にムラのあるややこしい弟子を、いつも辛抱強く導いてくださることに感謝している。また廣太郎先生にはあたたかな跋文をいただいた。こんな風に自由に安心して俳句を作り続けることの幸せを思う。これからもよろしくお願いいたします。

ふらんす堂に最初のご挨拶をした後、永らくお待たせをした。お会いするたびに進捗を聞いてくださった喜美子さん、ものすごい速さで一冊をまとめ上げてくださった有以子さんに深く感謝する。友人・佐藤文香さんは、私の萎れがちなやる気をいつも前向きに戻し、少し進めばともに喜び、ここまで連れてきてくれた。

また、祖母と私の間にいながら俳句を作らない母・明子は挿画とイラストを描いてくれた。ずっと昔に句集のタイトルを「金魚」に決めてから、刊行催促のようにたびたび送られて来たものの中から選んだ。ありがとう。

そして、これまでの四十年のどこかで、句座（あるいは酒宴）を共にしてくださったすべての方、あらゆる機会を与えてくださった方に、心から感謝を申し上げたい。

二〇二四年　立春のころに

阪西敦子

著者略歴

阪西敦子（さかにし・あつこ）

一九七七年神奈川県逗子市生まれ。一九八四年、「ホトトギス」生徒・児童の部に投句を開始。二〇〇八年より「ホトトギス」同人、一九九五年より「円虹」所属。日本伝統俳句協会会員、二〇一〇年同新人賞受賞、現在、理事。上智大学文学部フランス文学科卒、一九九七年から一年、フランス国立ボルドー大学に学ぶ。アンソロジー『野分会Ⅱ』、『俳コレ』、『天の川銀河発電所 Born after 1968 現代俳句ガイドブック』入集、共著に『ホトトギスの俳人101』など。

句集　金魚　きんぎょ

二〇二四年三月三一日　初版発行　二〇二四年七月一七日　二刷

著　者――阪西敦子

発行人――山岡喜美子

発行所――ふらんす堂

〒182-0002 東京都調布市仙川町一―一五―三八―二F

電　話――〇三（三三二六）九〇六一　ＦＡＸ〇三（三三二六）六九一九

ホームページ https://furansudo.com/ E-mail info@furansudo.com

振　替――〇〇一七〇―一―一八四一七三

装　幀――和　兎

印刷所――日本ハイコム㈱

製本所――㈱松岳社

定　価――本体二八〇〇円＋税

ISBN978-4-7814-1642-7 C0092 ¥2800E

乱丁・落丁本はお取替えいたします。